8 yth 26238

Bordeaux
1892

Lebrun, P.

*Marie Stuart*

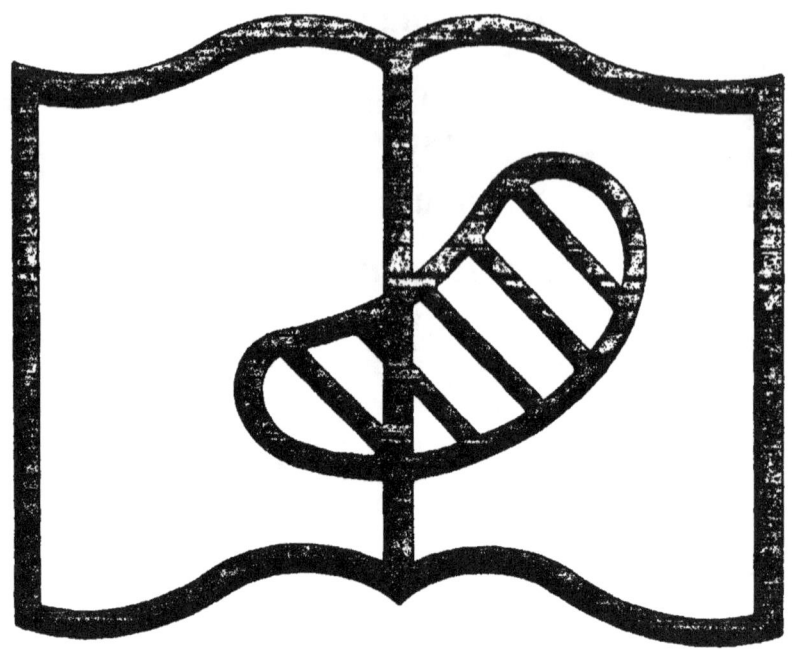

Symbole applicable
pour tout, ou partie
des documents microfilmés


Original illisible

**NF Z 43**-120-10

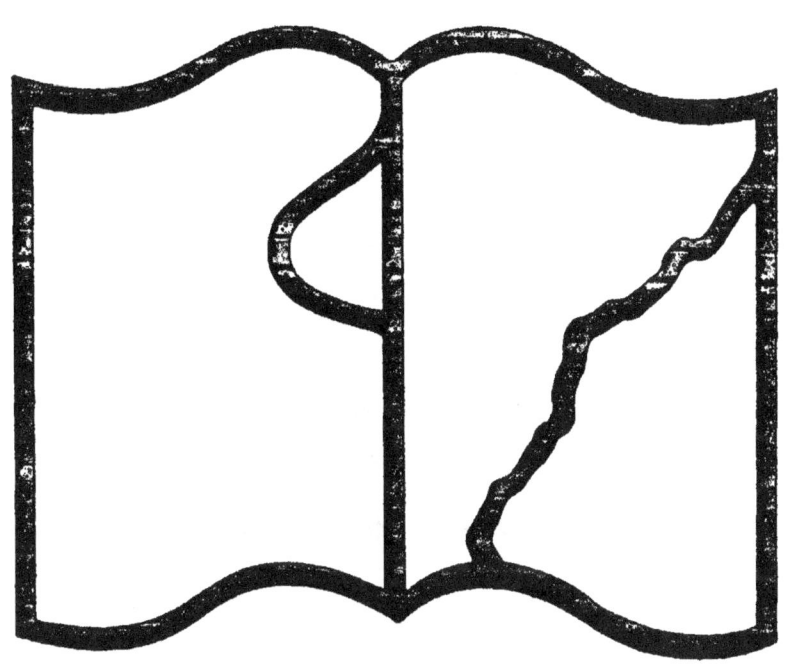

**Symbole applicable
pour tout, ou partie
des documents microfilmés**

Texte détérioré — reliure défectueuse

**NF Z 43**-120-11

# MARIE STUART

TRAGÉDIE

Par P. LEBRUN, de l'Académie Française

RÉDUITE EN TROIS ACTES

et arrangée pour

## PENSIONNATS & CONGRÉGATIONS

DE JEUNES FILLES

Par l'abbé P. G. D.

---

Prix : 1 Franc

---

BORDEAUX

IMPRIMERIE R. COUSSAU & F. COUSTALAT

20 — Rue Gounion — 20

—

1892

1088

# MARIE STUART

# MARIE STUART

## TRAGÉDIE

### Par P. LEBRUN, de l'Académie Française

RÉDUITE EN TROIS ACTES

et arrangée pour

## PENSIONNATS & CONGRÉGATIONS

DE JEUNES FILLES

### Par l'abbé P. G. D.

————— ◦ —————

**BORDEAUX**

IMPRIMERIE R. COUSSAU & F. COUSTALAT

*20 — Rue Gouvion — 20*

—

1892

On trouve à la librairie HATON, de Paris, rue Bonaparte, 35, sous le titre général : *Aurore et Soir*, deux charmantes opérettes de l'abbé Sockéel : *Marie Stuart à Fontainebleau*, *Marie Stuart à Fotheringay* (sa prison).

La musique des chants a été composée par M. Catouillard, organiste de la cathédrale de Saint-Omer (1).

On peut, pour une représentation dramatique, substituer à la seconde la tragédie de P. Lebrun (1820), arrangée, comme on va le voir, et qui contient de très belles scènes, notamment celle de l'entrevue des deux reines, au deuxième acte.

La première opérette sert de prologue. Pour relier le tout, on fait reparaître, dans la tragédie, *Gertrude*, à la place du *Mortimer* du poète, et à la fin la *Bohémienne* qui a prédit les malheurs de Marie.

Nous avons inséré, au second acte, le célèbre couplet attribué à Marie Stuart, quittant la France. M. le baron d'Etcheverry (2) nous en a fait la musique, avec son talent délicat et sa complaisance habituelle. Les couplets de la fin sont empruntés à la seconde opérette.

Dans le cas où l'on jouerait la tragédie seule, rien n'est plus aisé que de rendre à *Mortimer* (lady déguisée en servante pour la circonstance), sa personnalité et son rôle.

---

(1) Y a-t-il une tradition de zèle pour les compositions de ce genre, chez les organistes de Saint-Omer ? On sait qu'à la fin du siècle dernier, Grison, maître de chapelle et organiste de cette ville, alors épiscopale, fit un oratorio d'*Esther*, auquel Rouget de l'Isle emprunta l'air de la *Marseillaise*, qu'il se contenta de modifier légèrement. C'était celui des couplets : *Rois, chassés la colonie...*

(2) M. E.-Augustin d'Etcheverry, artiste distingué de Bordeaux, organiste de l'église Saint-Paul, ancien maître de chapelle de la Primatiale de cette ville, est auteur d'un très grand nombre de compositions musicales, connues et goûtées ailleurs encore que dans le sud-ouest de la France. Voir à son sujet la *Vie du P. Hermann*, dont il fut l'ami, et celle de M. de La Bouillerie, qui lui confia plusieurs de ses poésies pour être mises en musique.

# PERSONNAGES DE LA PIÈCE

ELISABETH, reine d'Angleterre, 54 ans.

MARIE STUART, reine d'Ecosse, 45 ans.

EDITH DE LEICESTER, sœur du grand écuyer d'Elisabeth.

CÉCILE DE BURLEIGH, sœur du trésorier d'Angleterre.

Lady MELVIL, ancienne surintendante de la maison de Marie.

FANNY PAULET, femme du Gouverneur du château de Fotheringay.

GERTRUDE (ou lady MORTIMER déguisée), servante de la précédente.

ANNA KENNEDY, nourrice de Marie Stuart.

Miss JENNY SEYMOUR, suivante de la reine d'Angleterre.

Seigneurs et dames de la reine d'Angleterre.

Femmes et domestiques de la reine d'Ecosse.

Domestiques du Gouverneur du château.

La scène se passe en Angleterre, au château de Fotheringay, en 1587. Le premier et le dernier acte, dans l'appartement de Marie ; le second, dans une pièce ouvrant sur les jardins du château

# MARIE STUART

## ACTE PREMIER

### SCÈNE I

#### ANNA KENNEDY, FANNY PAULET.

Au lever du rideau, deux domestiques de cette dernière ouvrent les tiroirs d'un meuble et en retirent des lettres, une cassette et une couronne d'or.

#### ANNA

Cessez, au nom du ciel, et daignez m'écouter !
A son malheur encor pourriez-vous ajouter ?
Quand j'ai vu sans effroi ma reine infortunée
Du château de Talbot dans le vôtre amenée.
Mon espoir, vainement, nous avait-il promis
Une prison plus douce et des cœurs plus amis ?
Est-ce enfin pour servir une implacable haine
Que votre époux reçut la garde de ma reine ?
Sa fidèle nourrice embrasse vos genoux :

(Elle se met à genoux)

Ne nous ravissez pas...

#### FANNY, la relevant.

Madame !

#### ANNA, montrant ce que les domestiques ont pris.

Rende.-nous

Ces lettres, ces écrits, ces secrets caractères,
De ses longs déplaisirs tristes dépositaires,
Et ce bandeau royal, de fleurs de lys orné,
Dont son front fut jadis, en France, couronné.
Hélas ! de ses beaux jours, de son ancienne gloire,
Il lui vient quelquefois rappeler la mémoire.

C'est e seul souvenir qu'elle en ait conservé.
Faut-il que par vos mains il lui soit enlevé ?

FANNY

Mon devoir est sur moi plus fort que vos prières.
J'ai des ordres, Madame.
(Elle fait signe aux domestiques de continuer leurs recherches.)

ANNA

O comble de misères !
O crime ! à voir ces murs, à peine ouverts au jour,
Qui croirait qu'une reine y fasse son séjour ?
Malheureuse !...

SCÈNE II.

LES MÊMES, MARIE STUART

ANNA, à Marie, qui entre.

Ah ! madame, on comble la mesure.
Chaque jour nous apporte une nouvelle injure.
Malgré moi, sous mes yeux, elles osent saisir
Ces lettres, ces écrits, fruits d'un triste loisir,
Ce bandeau, seul trésor, parure nuptiale,
Il ne vous reste rien de la grandeur royale.
Hélas ! c'en est donc fait !

MARIE

Anna, console-toi.
Ce qu'on peut me ravir ne tenait pas à moi.
A de vains ornements je renonce sans peine.
Je n'ai pas reçu d'eux ma qualité de reine :
Titre saint, que le ciel nous veut seul accorder.
L'homme peut nous abattre et non nous dégrader.
J'honore assez votre âge et votre caractère
Pour vous plaindre, Fanny, d'un pareil ministère.

Mais parmi ces écrits, gardiens de mes secrets,
Que vient de me ravir l'ordre d'Elisabeth,
Puis-je espérer du moins que d'une main fidèle
On lui rende un billet que j'ai tracé pour elle ?
Me le promettez-vous ?
(Elle cherche entre les mains des domestiques et le trouve.
Elle le remet à Fanny.)

FANNY, prenant le billet.

Je ferai mon devoir.
(Elle fait signe aux domestiques de sortir en emportant
les objets qu'ils ont en main.)

MARIE

Ce qu'il contient, Fanny, voulez-vous le savoir ?
D'Elisabeth encor j'implore une entrevue,
D'elle, que mes regards n'ont jamais aperçue.
Ses sujets m'ont jugée au mépris de mon rang.
Elle seule est d'un sexe, et d'un titre et d'un sang
Que puisse reconnaître, en dépit de sa haine,
Sa parente, une femme, et surtout une reine.

FANNY

N'ordonnez-vous plus rien ?

MARIE

Avant que de sortir,
Pourriez-vous, de mon sort, m'instruire et m'avertir ?
Depuis tantôt vingt ans du monde séparée,
Aucune voix humaine ici ne trouve entrée.
Un mois, tout un long mois déjà s'est écoulé
Depuis qu'en ce château, par la reine assemblé,
Un tribunal terrible, envoyé pour m'entendre,
Au milieu de mon trouble est venu me surprendre.
Il m'a fallu soudain paraître devant lui.
Seule, sans défenseur, sans conseil, sans appui.

Abandonnée enfin à ma seule innocence.
Depuis ce jour, tout garde un pénible silence.
Parlez : à quel destin faut-il me préparer ?

FANNY

Songez à Dieu, Madame.

MARIE

Il est doux d'espérer
Que la bonté céleste à ma cause est propice.
Je n'espère pas moins de l'humaine justice.

FANNY

Elle accorde à chacun son véritable prix.

MARIE

De Westminster, enfin, n'avez-vous rien appris ?

FANNY

Rien, Madame.

MARIE

Aurait-on fixé ma destinée ?

FANNY

Je ne sais.

MARIE

Par les pairs serais-je condamnée ?

FANNY

Je l'ignore.

MARIE

Il n'est rien qui doive m'étonner :
Je connais votre reine et puis tout soupçonner.

## SCÈNE III

### LES MÊMES, GERTRUDE

GERTRUDE, feignant de ne voir que Fanny.

Maîtresse, en ce moment, par ordre de la reine,
Un des lords vous attend dans la salle prochaine.

### FANNY

C'est compris et je viens.

Gertrude est entrée et sort sans paraître faire attention à la reine.

## SCÈNE IV

### MARIE, ANNA, FANNY

### MARIE

Peut-être, à mon aspect,
Cette fille aurait pu montrer quelque respect.
Instruisez-la, Fanny, d'un devoir qu'elle ignore.
Faites-la souvenir que je suis reine encore.

### FANNY

Dans ce château lointain, elle vient près de moi :
Rien d'elle ne saurait exciter votre émoi.
Du rivage français cette libre rudesse
Apporte dans ce lieu sa force et son adresse.
Pour nous c'est un secours et nous pouvons oser
Sur elle de nos soins enfin nous reposer.
Contre elle tout votre art n'a que de faibles armes,
Et ce n'est pas son cœur que séduiront vos larmes.

(Elle sort.)

## SCÈNE V

### ANNA, MARIE

#### ANNA

Insolente !

#### MARIE

Peut-être, aux jours de mes grandeurs,
D'un cœur trop complaisant j'écoutais les flatteurs.
Il est juste, en retour, aux jours de nos misères,
D'accoutumer notre âme aux paroles sévères.

#### ANNA

Ah ! madame.

#### MARIE

Je tremble, à ne te rien cacher,
Que, parmi ces écrits qu'on vient de m'arracher,
Le nom de Leicester, mêlé par imprudence,
N'instruise Elisabeth de notre intelligence.

#### ANNA

Vous me faites frémir.

#### MARIE

Peut-être sans raison
Formé-je, en ce moment, un semblable soupçon ;
Mais mon cœur est frappé du plus funeste doute.

#### ANNA

Madame, cette fille approche et nous écoute.

## SCÈNE VI

ANNA, MARIE, GERTRUDE

GERTRUDE
(Entrant avec précaution et regardant si on ne la suit pas.)

Éloignez-vous, Anna.

MARIE, avec autorité, à Anna.

Qu'entends-je ? — Demeurez.

GERTRUDE
(Tirant une lettre de son sein et la présentant à la reine.)

Jettez ici les yeux, et vous me connaîtrez.

MARIE, regardant le sceau de la lettre.

Qu'ai-je vu ? ciel !

GERTRUDE

Anna, laissez seule la reine ;
Allez, et dans ce lieu gardez qu'on nous surprenne.

MARIE, à Anna, qui hésite.

Va ; fais ce qu'on te dit.
(Anna sort, en laissant voir un grand étonnement.

## SCÈNE VII

MARIE, GERTRUDE

MARIE

Est-il vrai ? justes cieux !
Une lettre de France ! en croirai-je mes yeux !
(Elle ouvre la lettre et regarde la signature.)
Du plus aimé des miens ! du cardinal de Guise !
Que dit-il ? (Elle lit.) Chaque mot redouble ma surprise...
Qui ! vous, Gertrude ?... Un songe a troublé ma raison...
L'ange libérateur descend dans ma prison.

GERTRUDE

Madame, pardonnez, si dans cette occurence,
J'ai d'un masque odieux emprunté l'apparence.
Je lui dois le bonheur d'embrasser vos genoux,

(Elle s'agenouille et baise la main de Marie.)

De voir, de contempler...

MARIE

Gertrude, levez-vous.
Expliquez-vous, parlez, et faites-moi comprendre
Un bonheur qu'en ce lieu j'étais si loin d'attendre.
J'ai peine à revenir de mon saisissement.

GERTRUDE

Dieu semble avoir lui seul conduit l'événement.

MARIE

Comment vous guida-t-il vers une infortunée !

GERTRUDE

Cet oncle affectueux à qui je fus donnée,
Quand Votre Majesté quitta notre séjour,
Veuve et reine d'un an, me chérit à son tour.
Lui, frère et conseiller de votre auguste mère.
Il daigna m'accueillir, me tenir lieu de père :
La Lorraine et la France admirent ce prélat,
Défenseur de l'Eglise et soutien de l'Etat.

MARIE

Quel bonheur de jouir de sa sainte présence !

GERTRUDE

Un jour qu'en son palais, plein de magnificence,
Je promenais mes yeux errants de toutes parts,
Votre portrait, madame, attira mes regards.

Je pleurais, ne pouvant en détacher ma vue.
« Ce n'est pas sans raison que ton âme est émue,
Dit alors le pontife, en s'approchant de moi.
« Prisonnière et souffrant pour notre sainte foi,
« L'Angleterre retient dans un dur esclavage
« Celle dont tes regards considèrent l'image. »
Alors, il me peignit, d'un éloquent discours,
Les périls dont la reine environnait vos jours,
Vos malheurs, vos vertus, vos titres, votre race ;
Comment Elisabeth, assise à votre place,
D'un droit qu'elle usurpa, vous punissait encor ;
Comment vivait en vous la maison de Tudor.
En ces lieux, éloignés de notre belle France,
Je me crus appelée à votre délivrance :
Le projet aussitôt s'en forme dans mon sein :
Le Cardinal m'approuve et bénit mon dessein.
Pour traverser la mer et gagner l'Angleterre,
Et pour m'envelopper des ombres du mystère,
Sa générosité m'ouvre en grand ses trésors ;
Et j'accours, et le ciel a béni mes efforts :
Le gouverneur Paulet m'accepte pour servante...
Apprenez maintenant le projet que l'on tente.
Par moi vos partisans doivent être avertis.
L'Ambassadeur de France est dans notre parti.
Je surprendrai tantôt, pour eux, le mot de passe ;
Je prends votre costume et reste à votre place.

#### MARIE

Qu'osent-ils entreprendre ? O ciel, ignorez-vous
Les supplices cruels qui vous menacent tous ?

#### GERTRUDE

Mais vous-même, madame, il ne faut plus rien taire,
Savez-vous à quel sort nous voulons vous soustraire ?

#### MARIE

Quoi ! mon arrêt déjà serait-il prononcé ?

GERTRUDE

Oui ; bientôt même, ici, vous doit être annoncé
Cet arrêt, qui vous perd et qui les déshonore.
La reine, cependant, semble hésiter encore :
Et, reprochant aux lois trop de sévérité,
Montre son artifice et non pas sa bonté.

MARIE

Je l'ai prévu. Sans doute en un cachot funeste
Ils vont, de mon destin, ensevelir le reste ?

GERTRUDE

Ils osent plus encor.

MARIE

La mort ?

GERTRUDE

Oui, c'en est fait.

MARIE

Le monde pourrait voir un semblable forfait ?
A la main des bourreaux ils m'auraient condamnée !
Une tête royale et trois fois couronnée !

GERTRUDE

Je voudrais en douter.

MARIE

Non, ne le croyez pas.
Le parlement a pu prononcer mon trépas,
Mais la reine peut seule accomplir la sentence,
Et d'un acte pareil elle sent l'importance.
Non ; je vois en effet ce qu'on a prétendu :
On veut que, sur ma tête à jamais suspendu,

Le poids d'un jugement sans cesse me menace
Et de mes partisans épouvante l'audace.
Elisabeth me hait, sans doute, et de mes jours
Sa secrète fureur voudrait hâter le cours ;
Mais mon sang répandu tâcherait sa mémoire.
Oh ! je ne la crains pas : elle aime trop la gloire.

GERTRUDE

Ah ! madame.

MARIE

Du moins elle doit redouter
Les périls que mon sang lui pourrait susciter.

GERTRUDE

Qu'espérez-vous, alors ?

MARIE

Doutez-vous que la France
Ne vienne tout entière en demander vengeance ?

GERTRUDE

Madame, épargnez-lui le soin de vous venger.
C'est le ciel qui m'envoie au devant du danger.
Mon cœur reconnaissant et le Dieu qui m'inspire
M'ordonnent de sauver une reine martyre !
Je ne suis rien par moi, mais je suis tout par lui.
Me dévouer pour vous est tout ce que je puis.
Acceptez les secours que j'ose vous promettre ;
Permettez que ces mains ...

MARIE

Non, je ne puis permettre
Qu'essayant le dessein que vous m'avez soumis,
Je perde sans succès mes imprudents amis.
Ma fille, oubliez-moi : fuyez ; déjà peut-être
La reine en ce manoir envoya quelque traître.

Fuyez, il en est temps, ce royaume odieux.
Tous ceux qui m'ont aimée ont été malheureux.

GERTRUDE

Ah ! madame, en servant une cause si belle,
Ils ont acquis du moins une gloire immortelle.
D'un semblable destin tout mon cœur est jaloux.
N'est-ce point un bonheur que de mourir pour vous ?

MARIE

Non ; de mes ennemis je connais la puissance.
Qui pourrait de leurs yeux tromper la vigilance ?

GERTRUDE

Mais, moi-même, madame, et j'ose l'espérer.

MARIE

Un seul mortel encor pourrait me délivrer.

GERTRUDE

Un seul ? nommez-le moi !

MARIE

Leicester.

GERTRUDE

Lui, Madame !
Lui, qui de vos malheurs a seul tissu la trame ?
Lui, l'ami de la reine, et qui toujours....

MARIE

C'est lui
Qui seul peut de ces lieux me tirer aujourd'hui.
Sa sœur plaide ma cause et je compte sur elle.
Je l'attends sans retards ; et, si tu m'es fidèle,
A son habileté confiant mon destin,
Tu pourras déposer ton secret dans son sein.

Mais de peur que d'abord elle ait un peu d'ombrage,
De tes pouvoirs secrets présente-lui ce gage.

(Elle lui donne sa bague et sort :

L'anneau te restera, pour prix du dévoûment,
Et tu m'avertiras du mode et du moment.

## SCÈNE VIII

GERTRUDE, LADY LEICESTER, FANNY

LADY LEICESTER, à Fanny.

Oui, la reine elle-même arrive avec sa suite.
Jusques à ce château la chasse l'a conduite ;
Elle veut un moment ici se reposer.
Vous, pour la recevoir, faites tout disposer ;
Avec l'empressement d'un serviteur fidèle,
Que votre époux, bien vite, accoure au devant d'elle.
Allez ! (Fanny sort avec Gertrude.)

## SCÈNE IX.

LADY LEICESTER, seule.

LADY LEICESTER, continuant.

        J'ai réussi. Tout concourt à mes fins.
Mon frère Leicester s'en remet à mes soins.
Il ménage à la fois et Marie et la reine ;
Chacune doit aller où son destin l'entraîne.
S'il doit à la première être reconnaissant,
Il doit à la seconde un bienfait plus récent :
La faveur, le pouvoir.

## SCÈNE X

LADY LEICESTER, GERTRUDE

GERTRUDE, rentrant timidement.

                Elle est seule. — O Marie,
Puisse ta confiance être bientôt suivie
Du succès.

LADY LEICESTER, se retournant.

Que veut-on ?

GERTRUDE

Un entretien secret.

LADY LEICESTER

Pourquoi donc ce mystère et cet air inquiet

GERTRUDE

Une reine captive en ce château respire.

LADY LEICESTER

Tout l'univers le sait. Que me voulez-vous dire ?

GERTRUDE.

Eh bien ! puis-je à vos yeux sans crainte me livrer ?

LADY LEICESTER

Mais sans crainte, à mon tour, puis-je en vous m'assurer ?

GERTRUDE, montrant la bague.

Croyez-en cette bague et celle qui m'envoie.

LADY LEICESTER, effrayée.

Parlez bas, malheureuse, et gardez qu'on nous voie.
Quoi ! Marie elle-même....

GERTRUDE

Elle m'adresse à vous.
Elle veut que son sort se décide entre nous.
Votre frère, dit-elle, est pour sa délivrance
Ardent et dévoué ; son unique espérance
Est dans ce favori qu'on lui peint tout puissant.

LADY LEICESTER, embarrassée.

La reine Elisabeth n'a pas de courtisan
Plus assidu, plus cher ; mais, par trop d'imprudence,
On risque d'éveiller soudain sa défiance....
Vous croyez faussement à l'appui d'un sauveur....
Elisabeth devine et prévoit... Quelle ardeur
Au danger de périr vous pousse et vous entraîne !
Avez-vous quelque espoir de tromper une reine ?

GERTRUDE

Nos amis sont tous prêts.

LADY LEICESTER

               Vous avez des amis
Dévoués à Stuart ? — Que vous ont-ils promis ?

GERTRUDE

D'aider, pour la sauver, votre amitié fidèle.

LADY LEICESTER, à part.

Nous ne pouvons aller jusqu'à mourir pour elle.
Dissimulons. (Haut.) Comptez sur notre dévoûment.
La reine Elisabeth, ici, dans un moment,
Verra sa prisonnière ; et si cette entrevue
N'a pas, pour la captive, une agréable issue,
Je vous avertirai ; prévenez vos amis,
Et gardez le secret que l'on vous a commis.
Allez. Voici la reine.

## SCÈNE XI

LADY LEICESTER, ÉLISABETH, LADY BURLEIGH,
LADY MEDVIL.

LADY BURLEIGH

             Oserai-je déplaire,
Madame ! où venez-vous ? que prétendez-vous faire ?

Quel courtisan perfide, en un moment pareil,
A mis dans votre esprit un semblable conseil ?
Voulez-vous à Marie accorder votre vue,
Quand la mort sur sa tête est déjà suspendue ?
Vous n'achèverez pas ! je n'y puis consentir.
Non, non ; quelque pitié que vous puissiez sentir,
Croyez-en un conseil depuis trente ans fidèle :
L'intérêt de l'Etat doit parler plus haut qu'elle.
Marie est condamnée ; elle appartient aux lois.

### ELISABETH

Qui vous dit qu'en ce lieu me conduise mon choix ?
(Montrant la lettre de Marie, qu'elle tient à la main.)
Que je vienne la voir ? que, moins que vous sévère,
Je veuille de sa lettre écouter la prière ?
Toutefois, en lisant sa plainte et ses malheurs,
L'avouerai-je ? mes yeux se sont mouillés de pleurs.
Voilà donc le séjour de la triste Marie !
Celle que la fortune a d'abord tant chérie,
Qui du trône de France avait le cœur si vain,
Qui croyait réunir trois sceptres dans sa main,
Dans quel abaissement elle est précipitée !
(D'un ton hypocrite.)
Jusqu'au fond de mon cœur je me sens attristée,
Quand je songe au néant des fragiles grandeurs,
Que je vois le destin éteindre nos splendeurs,
Et les terribles coups que sa justice apprête,
Tomber sur ma maison et si près de ma tête.

### LADY MELVIL.

Reine, la voix de Dieu vous parle en ce moment.
Suivez de votre cœur ce secret mouvement.
Faites paraître aux yeux de votre prisonnière,
Dans la nuit du cachot, un ange de lumière.
Vainement si près d'elle on arrête vos pas.
Vainement, quand votre âme abjure son trépas,

L'adroite flatterie, avec un front austère,
Vous en rend responsable à toute l'Angleterre :
Déclarez que le sang à vos yeux fait horreur,
Que vous voulez sauver les jours de votre sœur ;
Montrez enfin, montrez, hautement équitable,
Au conseiller sinistre un courroux véritable,
Madame, et vous verrez disparaître à l'instant
Cette nécessité dont on vous parle tant.
La justice aussitôt changera de langage.
Mais ne croyez que vous. Achevez votre ouvrage.
Allez voir votre sœur. Hélas ! vos yeux jamais
De son visage encor n'ont aperçu les traits,
Rien ne parle en faveur d'une femme inconnue.
Vous aurez pardonné lorsque vous l'aurez vue.
Je la confie au cœur de Votre Majesté.
Le ciel, à notre sexe, a donné la bonté ;
Que ce royaume heureux s'aperçoive, madame,
Que la main qui le guide est celle d'une femme.
Lorsque ses fondateurs autrefois ont permis
Que le sceptre des rois aux reines fût commis,
Sans doute ils ont voulu, j'en crois mon espérance,
A côté du pouvoir faire asseoir la clémence.

### ELISABETH

Il suffit. Je voudrais remplir tout votre espoir.
L'Angleterre m'impose un sévère devoir.
Je tâcherai d'unir, si Dieu ne m'abandonne,
Les droits de la clémence et ceux de la couronne.
Les plus justes pour moi seront les plus sacrés.
Qu'on me laisse un instant. — Chère Edith, demeurez.

## SCÈNE XII

### ELISABETH, LEICESTER

### ELISABETH

Tu paraissais rêver.

### LADY LEICESTER .

**Moi !** (A part) flattons sa manie.
Ne compromettons rien .. Elle tient à la voir.

### ELISABETH

Quel est donc ton avis ? Quel serait mon devoir ?
Burleigh croit que j'ai tort, et Melvil, au contraire,
M'exhorte à rencontrer ici ma prisonnière.
Je serais curieuse, à te parler sans fard,
De contempler enfin la fameuse Stuart.
Du monde, bien longtemps, elle obtint les suffrages,
Et jusque dans ma cour recueillit des hommages.
J'entends parfois, souvent, j'ai honte à l'avouer,
Mes propres courtisans, devant moi la louer.
Pleine de tant d'orgueil, quel triomphe pour elle !

### LADY LEICESTER

Osez donc l'en punir. L'occasion en est belle,
Madame ; et contentant ce désir curieux,
Qui, même à votre insu, vous amène en ces lieux,
Venez, à votre aspect, que tant d'éclat décore,
Voir tomber cet orgueil qui la soutient encore.
C'est assez la punir que paraître à ses yeux.
Pour elle le trépas serait moins odieux
Que l'aspect de ce front, où la vertu rayonne,
Que pare la grandeur, que la gloire environne.

### ELISABETH

Mais la voir, m'a-t-on dit, serait lui pardonner.

### LADY LEICESTER

C'est à votre cœur seul à vous déterminer.

### ELISABETH

Sais-je ce que je veux ? Sais-je ce que m'ordonne
Mon repos, mon salut, celui de ma couronne ?

Et convient-il enfin, qu'au fond d'une prison
Je contemple le deuil de ma propre maison ?

LADY LEICESTER

Non, votre âme est trop belle, elle est trop généreuse.
Non, ne la voyez point dans sa tour ténébreuse.
Qu'on ouvre le château ; que Marie, à son gré,
Parcoure les jardins dont il est entouré.
Là, vous pourrez la voir ; et là, sans que personne,
D'avoir cherché sa vue, en effet, vous soupçonne,
Vos pas, comme au hasard, rencontreront les siens.
(A part.) Je saurais me régler d'après leurs entretiens.
Oui, j'ai lu dans ses yeux et compris sa pensée.
Je comprends le désir dont son âme est pressée.
Ainsi de tous les miens je détourne ses coups.

ELISABETH, qui, pendant ces derniers vers, a paru réfléchir.

Eh bien ! vous le voulez ? Je m'abandonne à vous.


FIN DU PREMIER ACTE

# ACTE DEUXIÈME

(Salle ouverte sur les jardins du château.

## SCÈNE I

MARIE, ANNA

ANNA

Modérez de vos pas l'empressement extrême.
Je ne vous connais plus. Revenez à vous-même.
Où courez-vous, Madame ?

MARIE

Oh ! laisse-moi jouir
D'un bonheur que je crains de voir s'évanouir.
Je voudrais m'emparer de toute la nature.
Combien le jour est pur ! Que le ciel est serein !
Ne sommeillè-je pas ? N'est-ce qu'un songe vain ?
A mon cachot obscur suis-je en effet ravie ?
Suis-je de mon tombeau remontée à la vie ?
Ah ! d'un air libre et pur laisse-moi m'enivrer.

ANNA

Madame, où votre espoir se va-t-il égarer ?
Hélas ! la liberté ne vous est pas rendue ;
La prison seulement s'ouvre plus étendue.

MARIE

Eh bien ! épargne-moi de trop barbares soins ;
Et si ce n'est qu'un songe, ah ! laisse-moi du moins.
Soulevant un moment ma chaine douloureuse,
Rêver que je suis libre et que je suis heureuse.

Ne respiré-je pas sous la voûte des cieux ?
Un espace sans borne est ouvert à mes yeux.
Vois-tu cet horizon qui se prolonge immense ?
C'est là qu'est mon pays ; là, l'Ecosse commence.
Ces nuages errants, qui traversent le ciel,
Peut-être hier ont vu mon palais paternel.
Ils descendent du Nord, ils volent vers la France.
Oh ! saluez le lieu de mon heureuse enfance !
Saluez ces doux bords qui me furent si chers !
Hélas ! en liberté vous traversez les airs.

(Elle chante ou récite :)

Adieu, plaisant pays de France,
O ma patrie
La plus chérie,
Qui as nourri ma tendre enfance !
Adieu France ! adieu, mes beaux jours !
La nef qui disjoint nos amours
N'a pris de moi que la moitié.
Une part te reste, elle est tienne ;
Je la fie à ton amitié,
Pour que de l'autre il te souvienne.

ANNA

Madame !

MARIE

Je ne sais : mais de ma délivrance,
En revoyant le ciel, j'ai repris l'espérance.

ANNA

Dans votre aveuglement vous n'apercevrez pas
Que de loin, en secret, on surveille vos pas.

MARIE

Non, ce n'est pas en vain, mon cœur me le présage,
Que de la liberté l'on me rend quelque usage.
Crois-moi, ma chère Anna, cette simple faveur
Me mène par degrés vers un plus grand bonheur.

J'y sens de mes amis la main puissante et chère.
Ma prison, chaque jour, deviendra moins sévère,
Ma liberté plus grande et mes liens plus doux,
Jusqu'au jour où le ciel voudra les rompre tous.

### ANNA

Je voudrais l'espérer ; mais j'ai peine à comprendre
Qu'après l'arrêt fatal qu'on vient de nous apprendre...

### MARIE

N'as-tu pas entendu les cors, lointaines voix
Dont la chasse bruyante a rempli tous les bois ?
Moi je les entendais... Que ne puis-je, sans guide,
M'élancer tout-à-coup sur un coursier rapide !
Que ne suis-je emportée à travers les forêts !
Ces sons tristes et doux ont ému mes regrets ;
Ils m'ont soudain rendue aux monts de ma patrie.

## SCÈNE II

### MARIE, ANNA, FANNY

### FANNY

Eh bien ! Madame, enfin votre attente est remplie.
Avec empressement je dois vous annoncer
Une insigne faveur où vous n'osiez penser.
Vous avez entendu, dans la forêt prochaine,
Ces sons ?

### MARIE

Oui, tantôt.

### FANNY

C'est la reine.

### MARIE, avec terreur.

La reine !!!
(Elle s'appuie sur Anna.)

FANNY

Vous la verrez ; vos vœux sont enfin exaucés.

ANNA

Que faites-vous, madame ? Eh quoi ! vous pâlissez !

FANNY

N'avez-vous pas vous-même imploré sa présence ?
Rassemblez maintenant toute votre éloquence :
Vous en aurez besoin.

MARIE

        Je ne puis ; sauvez-moi.
Je sens mon cœur saisi d'un invincible effroi.
Contre elle, désormais, où trouver un refuge ?
Rentrons.

FANNY

Restez, Madame, attendez votre juge.

## SCÈNE III

FANNY, MARIE, ANNA, LADY MELVIL.

MELVIL., se précipitant aux genoux de Marie.
C'est milady Melvil.

MARIE

        Quoi ! Melvil, est-ce vous ?

MELVIL.

Reine, permettez-moi d'embrasser vos genoux.

MARIE

Votre aspect me remplit et de trouble et de joie.

MELVIL

En quel temps, en quel lieu faut-il que je vous voie !

MARIE

Elisabeth, enfin, prend donc pitié de moi ?

MELVIL

J'ose le croire.

MARIE

Et vous, dont la constante foi
Au milieu de sa cour me demeure fidèle,
Vous que mon intérêt seul retient auprès d'elle,
Parlez : qu'apportez-vous ?

MELVIL

Partagez mon espoir.

Oui, la reine est ici.

MARIE, tremblante.

Je ne veux pas la voir !

MELVIL.

J'ai dû vous avertir, de peur que sa présence
Ne surprît tout à coup votre âme sans défense.

MARIE

Souvent cette entrevue occupa mon esprit.
Dans ma triste prison souvent je me suis dit
Les discours qu'à ma sœur je devais faire entendre.
J'empruntais à ma voix son accent le plus tendre :
Je savais dans mon cœur émouvoir sa pitié.
Mais elle va paraître et tout est oublié :
Je ne retrouve en moi qu'effroi, que défiance,
Que souvenirs amers de ma longue souffrance.
Tous mes doux sentiments m'échappent à la fois.

MELVIL.

Grand Dieu ! que dites-vous ?

MARIE

Melvil, je l'aperçois.
Vainement aujourd'hui ma prison s'est rouverte ;
Avec cet entretien j'ai demandé ma perte.
Non, jamais en effet nous ne devions nous voir,
Et d'unir nos deux cœurs rien n'aura le pouvoir.
Non, trop profondément mon âme fut blessée ;
J'ai trop souffert.

MELVIL.

Chassez cette dure pensée.
Oubliez tous les maux que vous avez souffert ;
Ne songez qu'à l'instant qui peut briser vos fers.
Aux mains d'Elisabeth est la toute-puissance.
N'invoquez pas vos droits ; invoquez sa clémence.
Votre sort, votre vie en dépend désormais.
Madame, abaissons-nous.

MARIE

Devant elle ! jamais.

MELVIL.

En entrant dans ce lieu son âme s'est émue.
De véritables pleurs obscurcissaient sa vue.

MARIE

Avec elle lady Burleigh vient-elle aussi ?

MELVIL

Oui, mais Edith Leicester avec elle est ici.

MARIE

Ce nom me rend l'espoir, Edith !

FANNY

Voici la reine.

## SCÈNE IV

FANNY, MARIE, ANNA, ÉLISABETH, LADY LEICESTER, suite.

ELISABETH, à sa suivante.

Oui, je partirai seule, et je veux éviter
La foule sur mes pas ardente à se porter.
Allez, et que ma suite à Londres me devance.

(Regardant fixement Marie sans avancer.)

Le peuple en son amour a trop de véhémence :
De trop d'idolâtrie il suit ses souverains.
On honore ainsi Dieu, mais non pas les humains.

### MARIE

(MARIE, appuyée sur Anna, lève les yeux. Ses regards rencontrent le regard fixe d'Elisabeth. Elle tressaille, et se rejette avec terreur sur le sein d'Anna.)

Ah ! ce regard glacé m'a peint toute son âme.

ANNA, bas.

Sachez vous contenir.

ELISABETH, avec sécheresse.

Quelle est donc cette femme ?

(Il se fait un silence.)

Vous ne répondez pas !

### LADY LEICESTER

Ces murs devant vos yeux
Parlent au lieu de nous et vous répondent mieux.

### ELISABETH

Qu'entends-je ? On aurait pu... Quel est le téméraire...

### LADY LEICESTER

Madame, il n'est plus temps de vous montrer sévère,
Et puisqu'enfin le sort amène ici vos pas,
Au vœu de votre cœur ne vous dérobez pas.

MELVIL.

Oui, Dieu dans ce séjour vous a seul amenée.
Tournez, tournez les yeux vers cette infortunée
Prête à s'évanouir à votre auguste aspect.

(Marie rassemble ses forces pour marcher vers Elisabeth, mais elle
s'arrête, toute tremblante, à moitié chemin. Ses traits laissent
voir le combat violent de son âme.)

ELISABETH

Eh quoi ! Qui me parlait de remords, de respect ?
Je ne vois qu'une femme audacieuse et fière,
Que son abaissement rend encor plus altière.

MARIE, comme se parlant à elle-même.

Eh bien ! il faut se rendre, et je veux m'y forcer.
A ce dernier opprobre il se faut abaisser.
Fuis, impuissant orgueil, de mon âme trop vaine.
Allons à ses genoux prosterner une reine.
Allons, sans souvenir des maux que j'ai soufferts,
M'incliner devant celle à qui je dois mes fers.

(Elle tombe à genoux.)

Le ciel a prononcé, ma sœur, et je dois croire
Qu'il vous a justement accordé la victoire.
Ses décrets à nos yeux cachent leur profondeur,
Et j'adore la main qui fit votre grandeur.
Mais suivez maintenant votre âme généreuse,
Reine ; ne laissez pas votre sœur malheureuse,
Tremblante à vos genoux, vous supplier en vain,
Et, pour la relever, tendez-lui votre main.

ELISABETH, sèchement.

Le ciel, juste entre nous, vous met à votre place.
Soustraite à vos fureurs, je dois lui rendre grâce
De n'avoir pas permis que, subissant vos lois,
On me vit à vos pieds, comme aux miens je vous vois.

(Elle lui fait signe de se lever.)

MARIE

Songez aux changements des fortunes humaines.
Souvent il n'est qu'un pas du trône dans les chaînes.
Vous fûtes malheureuse et prisonnière un jour :
Craignez du sort vengeur le sévère retour.
Un Dieu réside au ciel, qui punit l'arrogance.
Redoutez-le ce Dieu, dont la toute-puissance
Par un secret dessein me mit à vos genoux :
En m'honorant enfin vous-même honorez-vous,
Et ne profanez pas la gloire de deux reines,
Et le sang des Tudor qui coule dans nos veines.
Je n'ai plus qu'un espoir : le salut de mes jours
Peut-être en ce moment dépend de mes discours.
Que ce cœur ne soit pas comme un roc, insensible,
Qu'en fuyant le naufrage on trouve inaccessible.
Tant que d'un œil sur moi sévèrement fixé
Tombera ce regard immobile et glacé,
Comment, pour vous prier, trouverai-je un langage ?
Ne m'ôtez pas du moins cet horrible courage.

ELISABETH, s'asseyant sur un banc.

Et que me direz-vous ?... Je consens à vous voir :
D'une indulgente sœur je remplis le devoir ;
Je veux bien oublier que je suis offensée.
Je cède à la pitié dont je me sens pressée.
On m'en pourra blâmer, car vous n'ignorez pas
Qui l'on a vu trois fois conspirer mon trépas.

(Les deux ladys s'écartent.)

MARIE, debout, après avoir levé les yeux au ciel.

Par où commencerai-je, et comment à ma bouche
Prêterai-je un discours qui vous plaise et vous touche ?
Accorde-moi, mon Dieu, de ne point l'offenser !
Emousse tous les traits qui la pourraient blesser !
Toutefois, quand d'un mot mon destin peut dépendre,
Sans me plaindre de vous, je ne puis me défendre.

Oui, vous fûtes injuste et cruelle envers moi.
Seule, sans défiance, en vous mettant ma foi,
Comme une suppliante, enfin, j'étais venue ;
Et vous, entre vos mains vous m'avez retenue.
De tous les souverains blessant la majesté,
Malgré les saintes loi de l'hospitalité,
Malgré le droit des gens et la foi réclamée,
Dans les murs d'un cachot vous m'avez renfermée.
Dépouillée à la fois de toutes mes grandeurs,
Sans secours, sans amis, presque sans serviteurs,
Au plus vil dénûment dans ma prison réduite,
Devant un tribunal, moi, reine, on m'a conduite.
Enfin n'en parlons plus. Qu'en un profond oubli
Tout ce que j'ai souffert demeure enseveli.
Je veux en accuser la seule destinée.
Contre moi, malgré vous, vous fûtes entraînée.
Vous n'êtes pas coupable, et je ne le suis pas.
Un esprit de l'abîme, envoyé sur nos pas,
A jeté dans nos cœurs cette haine funeste,
Et des hommes méchants ont achevé le reste.
J'ai tout dit ; c'est a vous, ma sœur, de nous juger.
Entre nous, maintenant, il n'est plus d'étranger.
Nous nous voyons enfin. Si j'ai pu vous déplaire,
Parlez : dites mes torts ; je veux vous satisfaire.
Ah ! que ne m'avez-vous, dès l'abord accordé
L'entretien, par mes vœux si longtemps demandé ?
Nous n'aurions pas, ma sœur, en ce jour déplorable,
Une telle entrevue, et dans un lieu semblable.

### ELISABETH

Madame, à ma rigueur c'est vous en prendre à tort.
De vos malheurs en vain vous accusez le sort.
N'en accusez que vous, votre jalouse haine,
Et peut-être, avant tout, la maison de Lorraine.
Vous le savez, en paix nous vivions toutes deux,
Quand Guise, ce parent, ce vieillard orgueilleux,

Non content du pouvoir que la France lui donne,
D'un œil ambitieux regarde ma couronne.
C'est lui qui de la guerre arbora le signal ;
C'est lui de qui l'orgueil, à sa nièce fatal,
De ce trône à vos yeux faisant briller les charmes,
Vous fit prendre, imprudente, et mon titre et mes armes.
J'ai triomphé. Le ciel a montré hautement
Que tous vos alliés s'armaient injustement.
Mes sujets sont heureux, mes provinces tranquilles ;
Je vois partout mes champs pleins de moissons fertiles ;
Mes cités, de trésors ; d'armes, mes arsenaux ;
Et mes camps, de soldats ; et mes ports, de vaisseaux.
De l'Océan du Nord je marche souveraine.
Sans doute, je comprends qu'une semblable reine,
Aux yeux de Sixte-Quint, ne saurait gouverner.
Je ne lui promets pas, certes, de ramener
Ces jours où le roi Jean, lâche autant que barbare,
Rendait le sceptre anglais vassal de la tiare.
Je ne le flatte point, pour ramper sous ses lois,
Comme y rampent l'Espagne et les faibles Valois.
Fille de Henri huit, j'ose imiter mon père.
Vous êtes l'autre reine, en qui le Pape espère.
Il faut s'armer. Vos droits deviennent les plus saints.
La guerre est impuissante ? il faut des assassins.
On prêche à des sujets, dans la chaire perfide,
Le meurtre, le parjure, enfin le régicide !
De pièges, de poignards on entoure mes pas.
Mais l'orgueilleux Lorrain ne triomphera pas.
Il tendait vers un but : il en atteint un autre.
Il menaçait ma tête, et va frapper la vôtre.

MARIE, regardant les deux ladys.

Je suis soumise à Dieu : mais j'en garde l'espoir,
Vous n'abuserez pas d'un semblable pouvoir.

(Ici Melvil et Leicester se rapprochent des deux reines.)

ELISABETH, les regardant.

Qui m'en empêchera? Qui le défend ? Personne.
N'exécuté-je pas ce que l'Eglise ordonne ?
Et Guise et Charles neuf ne m'ont-ils pas appris
Quelle paix on doit faire avec ses ennemis ?
Libre, de votre foi que m'offrez-vous pour gage ?
Est-il quelque serment dont Rome ne dégage ?
Avec une ennemie il n'est point de traité.

MARIE.

Si vous l'aviez voulu, l'aurions-nous donc été !
Et, sans descendre enfin du trône d'Angleterre,
Que ne m'en avez-vous reconnu l'héritière ?

ELISABETH

Oui, je devais, sans doute, utile à vos projets,
Moi-même présenter Stuart à mes sujets,
Pour que d'un nouveau règne on saluât l'aurore,
Et que moi, quand je vis, quand je gouverne encore....

MARIE

Ah ! vivez, gouvernez, disposez de mes droits ;
Non, je ne prétends plus au sceptre de vos rois.
Dès la fleur de mes ans le malheur m'a flétrie.
Je ne suis plus, hélas ! qu'une ombre de Marie.
Maintenant, c'en est fait ; tout vous a réussi :
Prononcez le pardon qui vous amène ici.
Je ne saurais penser qu'un cœur si magnanime
Ait voulu seulement insulter sa victime.
Achevez. De leurs fers affranchissez mes mains,
Et de ma chère Ecosse ouvrez-moi les chemins.
Avec ma liberté, que vous m'avez ravie,
Comme un présent encor je recevrai ma vie.
Dites une parole : achevez ; je l'attends.
Oh ! ne me laissez pas l'attendre plus longtemps.

Malheur, malheur à vous, si votre sœur, tremblante,
N'entend de votre bouche une voix consolante !
Si le pardon bientôt ne doit pas tout finir,
Si quelque autre dessein vous avait fait venir,
Ah ! je ne voudrais pas, au prix d'une couronne,
Au prix de tous ces bords que la mer environne,

(Avec véhémence.)

Pour les trésors du monde échangeant mes liens,
Etre telle à vos yeux que vous seriez aux miens.

ELISABETH

Mais si j'écoute ici la pitié qui me presse,
Si je cède à mon cœur, qui pour vous s'intéresse,
Si ma clémence, enfin, faisait taire les lois,
Me promettriez-vous que, pour servir vos droits,
De nombreux partisans, entraînés par vos larmes,
Contre moi, malgré vous, ne prendraient pas les armes !
N'est-il plus de complots que l'on puisse former ?
N'est-il pas d'assassin que vous puissiez armer ?

MARIE, indignée.

C'en est trop !

ELISABETH, ironique

Il est vrai qu'un exemple sévère
Peut effrayer celui qui voudrait vous complaire.
On fuira de Stuart l'imprudence et le sort.
On craindra votre amour, car il donne la mort.

MARIE, indignée.

O ma sœur !

ELISABETH

Prévoyons quelque nouvelle rage.
Quel mouvement soudain trouble votre visage !
Vous voyez ; je suis calme et prête à pardonner :
Mais de tous ces soupçons pourrait-on s'étonner ?

Croyez-vous que personne ignore votre histoire,
Et tous les sentiments dont vous vous faites gloire ?
Tant de hideux secrets, devant tous découverts,
Ont montré votre cœur aux yeux de l'univers.

MARIE

Oui, ma vie aux regards n'a pas craint de paraître.
On la voit, on la juge ; on l'accuse peut-être ;
Mais je n'ai pas du moins, pour couvrir mes erreurs,
Cherché d'un faux dehors les voiles imposteurs :
Je n'ai point, d'un vain masque, osé tromper la terre.
Malheur, malheur à vous, si d'une vie austère
Vous venant quelque jour arracher le manteau,
La vérité sur vous fait luire son flambeau !

MELVIL, s'avançant entre les deux reines.

Juste ciel ! est-ce là ce qu'on pouvait attendre !
Sont-ce de tels discours que nous devions entendre ?
La modération.....

MARIE, éclatant.

Ah ! j'ai trop supporté
D'un orgueil insultant la froide cruauté !
C'en est fait. Loin de moi, pénible patience !
Laissez à mon courroux toute sa violence !
Laissez sortir mes cris, trop longtemps enchaînés,
Et qu'ils soient à son cœur des traits empoisonnés !

ELISABETH, froide.

Allons !

MELVIL.

Ah ! pardonnez cette fureur extrême !
Peut-elle, en ce moment, se connaître elle-même ?
Je me jette à vos pieds !

LADY LEICESTER

Madame, au nom de Dieu,
Quittez soudain, quittez ce déplorable lieu.

### MARIE

Le fruit de la débauche et de l'apostasie
Profane insolemment le trône et la patrie.
Le noble peuple anglais, par la fraude trompé,
Gémit depuis vingt ans sous un sceptre usurpé.
Si le ciel était juste, indigne souveraine,
Vous seriez à mes pieds, et je suis votre reine.

### ELISABETH

Téméraire ! ce jour, j'en donne ici ma foi,
Verra quelle est la reine ou de vous ou de moi
Adieu ! (Elisabeth sort avec lady Melvil.)

## SCÈNE V

MARIE, ANNA, LADY LEICESTER.

### LADY LEICESTER

Qu'avez-vous fait, princesse malheureuse !
Vous l'avez outragée ; elle sort furieuse.
Tout chemin de salut est désormais fermé

### MARIE

Elle emporte en fuyant le trait envenimé.
J'ai porté le poignard au cœur de ma rivale.

### ANNA

O malheureux triomphe ! ô victoire fatale !

### MARIE, à lady Leicester.

Vous me restez fidèle et je compte sur vous.

### LADY LEICESTER

Ah ! madame, à quel sort vous nous dévouez tous.

(Marie sort avec Anna.)

## SCÈNE VI

LADY LEICESTER, LADY BURLEIGH.

LADY BURLEIGH

J'admire quels conseils vous donnez à la reine !
Elle doit s'en louer ! son front de souveraine
A pâli sous l'affront et m'a fait deviner
De quelle connivence on peut vous soupçonner.

LADY LEICESTER

Me soupçonner, qui, moi ?

LADY BURLEIGH

Oui, vous, l'intelligence
Entre Marie et vous armera sa vengeance.

LADY LEICESTER

Comment ?

LADY BURLEIGH

On a trouvé, parmi quelques écrits,
A la reine captive incessamment surpris...

LADY LEICESTER

Achevez.

LADY BURLEIGH

Une lettre à vous-même adressée.

LADY LEICESTER

Une lettre !

LADY BURLEIGH

Où Marie, expliquant sa pensée,
Exprimait son espoir en votre frère et vous.
La reine, en la lisant, va montrer son courroux.
Car, ce qui rend pour vous ma crainte sans égale.
J'ai mis entre ses mains cette lettre fatale.

LADY LEICESEER

Ma faveur vous irrite. On reconnaît vos coups,
Milady ; vous voulez vous délivrer de nous.
Mais avec fermeté nous soutiendrons l'orage.
Allez, dénoncez-nous, nous aurons du courage.

(Lady Burleigh sort.)

## SCÈNE VII

LADY LEICESTER, seule.

Oui, c'est le seul moyen que l'on puisse essayer.
Le seul dont mon crédit puisse encor s'appuyer.
Il faut trahir Stuart, et le coup sera rude.
(Appelant.
Venez, Seymour.

## SCÈNE VIII

LADY LEICESTER, MISS SEYMOUR.

LADY LEICESTER

Faites saisir Gertrude.
Servante de Paulet. On menace l'Etat.
Je viens de découvrir un horrible attentat.

MISS SEYMOUR

J'y vole promptement. (Elle sort.)

## SCÈNE IX

LADY LEICESTER, seule.

Et nous, avec audace,
Parons le coup affreux dont ce jour nous menace.
Courons chercher la reine. — Elle s'approche, Dieu !
Avec elle Burleigh s'avance vers ce lieu.

## SCÈNE X

LADY LEICESTER, LADY BURLEIGH, ÉLISABETH

ÉLISABETH, une lettre à la main.

Approchez, chère Edith ; contre moi l'on conspire.

### LADY LEICESTER

Je le savais, madame, et venais vous le dire.

### ÉLISABETH

Vous, Edith ?

### LADY LEICESTER

Moi, madame.

### ÉLISABETH

Et qui trahit sa foi !

### LADY LEICESTER

Du perfide complot, l'instrument....

### ÉLISABETH, avec colère.

Mais c'est toi !
Lis donc. — Ce seul billet suffit pour te confondre.
(Lui montrant une lettre.)

### LADY BURLEIGH

C'est la main de Stuart.

### ÉLISABETH

Que peux-tu me répondre ?
C'est écrit. Nieras-tu que, pour sauver ses jours,
Marie ait de tes mains attendu le secours ?

### LADY LEICESTER, après avoir lu la lettre.

Je veux bien que sa lettre ait trahi sa pensée :
En ai-je encouragé l'espérance insensée ?

Rien ici ne le dit ; mon cœur, votre raison,
Protestent à la fois contre une trahison.

### LADY BURLEIGH

Vous saviez ce projet. Eh bien ! pourquoi le taire ?
Pourquoi l'envelopper d'un si profond mystère ?

### LADY LEICESTER, à celle-ci.

Qui vous donne le droit d'oser m'interroger ?
De ce que j'ai dû faire est-ce à vous de juger ?
Vous qui croyez jouir d'une rare sagesse,
Allons, démontrez-nous les fruits de votre adresse !
Qu'avez-vous découvert ? Qu'avez-vous su ? Comment
Devait-on de Stuart tenter l'enlèvement !
Saviez-vous les moyens, le moment, les complices ?
Saviez-vous qu'en secret, riant de vos supplices,
Une femme inconnue, entrée en ce château,
Pour la faire évader, ici, depuis tantôt,
S'agitait, d'un anneau seule dépositaire
Qui faisait foi pour elle, intrigante émissaire
Du cardinal de Guise et du roi des Français,
Dont ma feinte imprudence empêcha le succès ?

### ELISABETH, à Lady Burleigh.

Milady !

### LADY LEICESTER

Qui de nous, enfin, la plus fidèle,
A découvert d'abord la trame criminelle ?
Qui détourna le coup que l'on allait tenter !
Qui découvrit Gertrude et la fit arrêter !
Moi.

### ELISABETH

Comment !

### LADY LEICESTER

Ses aveux m'ayant tout fait comprendre,
A l'horrible complot j'ai feint de condescendre,

Et vos gardes, madame, au fond d'un noir cachot,
Viennent d'ensevelir Gertrude et le complot.

LADY BURLEIGH, désappointée.

(A part.) J'ai perdu la partie, et cette heureuse audace
Va servir Leicester et lui sauver sa place.
( Haut. ) Mon zèle fut trop prompt, je ne m'en défends pas ;
Agréez mon excuse (A la reine.) et signez ce trépas,
                                    (Montrant Lady Leicester.)
Dont ses propres avis révèlent l'importance.
Signez, reine, signez cette juste sentence.
                    (Elle offre un papier et une plume à la reine.

ELISABETH

Ah ! que me montrez-vous ? Qu'exigez-vous de moi ?

## SCÈNE XI

ELISABETH, BURLEIGH, LEICESTER, MELVIL.

LADY MELVIL.

Que faites-vous, madame, et qu'est-ce que je vois ?

LADY BURLEIGH, à part.

Funeste contre-temps !

LADY MELVIL

N'ai-je pas tout à craindre ?

ELISABETH

Melvil, on me contraint.

LADY MELVIL

Eh ! qui peut vous contraindre ?

ELISABETH

On veut qu'à cet arrêt je donne enfin ma voix.

LADY MELVIL

Quel sujet à sa reine imposerait des lois ?

Tous vos sens sont émus ; vous êtes offensée :
Votre âme saigne encor du coup qui l'a blessée.
Signeriez-vous l'arrêt dans un moment pareil ?
Non, d'une heure plus calme attendez le conseil.

LADY BURLEIGH, ironiquement.

Oui, madame, attendez qu'une reine perfide
Porte jusque sur vous une main homicide.

LADY MELVIL.

Madame, dans sa mort est tout votre danger.
Vivante, on l'oubliait ; morte, on va la venger.
Demain, entrez dans Londres où naguère adorée,
Vous traversiez les flots d'une foule enivrée.
Au lieu de ces longs cris, de ces vivats joyeux
Qui frappaient votre oreille et qui suivaient vos yeux,
Vous trouverez partout cette crainte muette
D'un peuple mécontent menaçant interprète,
Ce silence glacé, dont, terrible à son tour,
Il avertit les rois qu'ils n'ont plus son amour.
Vous n'achèverez pas ; d'une tache éternelle
Vous ne souillerez point une vie aussi belle,
Madame : vous craindriez que l'équitable voix
Qui dicte, après leur mort, le jugement des rois,
Rangeant Stuart parmi les injustes victimes,
Ne place son trépas sur la liste des crimes.
Vous craindrez que la voix de vos accusateurs,
Couverte maintenant par la voix des flatteurs,
N'aille un jour, soulevant l'inexorable histoire,
Devant son tribunal souiller votre mémoire.
Vous frémissez.... Je tombe à vos sacrés genoux :
Si ce n'est pour Stuart, grâce, grâce pour vous !

ELISABETH

Melvil, à quel tourment me vois-je réservée !
Du fer des ennemis pourquoi m'a-t-on sauvée ?

D'un pouvoir qui me pèse, oubliant le fardeau,
Je dormirais tranquille au fond de mon tombeau.
Je suis lasse à la fin du trône et de la vie.
Si mon salut dépend de la mort de Marie,
Si l'une de nous deux, comme il semble certain,
Doit de l'autre, en tombant, assurer le destin,
Pourquoi tomberait-elle ? Et pourquoi, déjà lasse,
Refuserais-je encore de lui céder ma place ?
Mon peuple peut choisir : qu'il parle : dès demain,
De mon premier exil reprenant le chemin,
J'irai, loin d'un éclat si rempli de tristesse,
Au séjour où coula ma paisible jeunesse,
Où, loin des vanités d'un monde corrupteur,
En moi-même autrefois je trouvais ma grandeur.
A gouverner l'Etat, Melvil, j'ai pu prétendre,
Tant que j'eus seulement des bienfaits à répandre :
Mais avec mes bienfaits mon règne doit finir :
Je ne sais plus régner alors qu'il faut punir.

### LADY BURLEIGH

Quand j'entends ce discours, je ne saurais me taire
Sans trahir mon devoir, vous même et l'Angleterre.
Madame, est-ce bien vous ? Puis-je vous retrouver ?
Vous aimez votre peuple ! Il faut nous le prouver.
Prenez pitié du peuple et non d'une perfide.
Soyez reine, et non pas une femme timide.
Tranchez enfin le cours de tant de factions,
Ce combat renaissant des deux religions,
Ces trames, ces complots de tous les catholiques,
Qui nous haïssent tous, nous traitent d'hérétiques,
Et de tant de dangers préservez à la fois
Vous-même, vos sujets, la patrie et les lois.

### ELISABETH

Un moment, dans ce lieu, qu'on me laisse à moi-même.
Maintenant, j'en réfère à ce juge suprême.

Que les juges humains ne sauraient égarer.
C'est lui seul désormais qui peut nous éclairer.
Tenez-vous à l'écart.

(Les ladys se retirent au fond du théâtre.)

## SCÈNE XII

ELISABETH, seule, sur le devant de la scène.

Opinion publique,
Des actions des rois maîtresse tyrannique,
Idole méprisable, et qu'il faut respecter.
Que je suis désormais lasse de te flatter !
Je règne ; mon royaume au dedans est tranquille ;
Mais la tempête encor gronde autour de cette île.
Le Pape, les Français, l'Espagne, contre moi
Excitent les tenants de cette vieille foi
Que mon père Henri huit abjura sans rien craindre.
Je l'imite, c'est vrai, ce père : pourquoi feindre ?
Le papisme jaloux, à l'envi s'empressant,
Montre Stuart partout, fantôme menaçant.
C'en est trop ; il est temps qu'enfin elle périsse !
Il est temps que ma crainte avec ses jours finisse ;
Que j'assure ma paix, mes droits, ma sûreté.
Je ne saurais plus vivre en cette anxiété.
Est-ce un crime, après tout, qui souille ma mémoire ?....
....Si pourtant je pouvais mettre à l'abri ma gloire !
Vingt ans dans la prison, dans la douleur passés,
Quels que soient ses forfaits, l'en punissaient assez.....
....Voilà ce que va dire et répandre l'envie !
Mais quoi ! j'épargnerais qui menace ma vie !
Qui tend jusqu'en ma cour ses piéges séducteurs !
Qui détourne de moi mes propres serviteurs !.....
Marie est malheureuse ; elle est femme, elle est reine ;
Ses aïeux sont les miens, ma famille est la sienne.. ..
....Allons, qu'elle périsse ! Il n'y faut plus penser.

(Elle s'assied devant la table sur laquelle est la sentence,
et prend la plume.)

A ce trait décisif que ma main va tracer,

Je frissonne.... Il me semble, en ce moment suprême,
Que de ma propre main je la frappe moi-même.
L'avenir me regarde !... Oh ! pourrai-je achever !

(Elle pose la plume.)

(Après un silence.)

De quel air, tout-à-l'heure, elle osait me braver !
Quelle orgueilleuse insulte elle a sur moi lancée !
Ne lui semblait-il pas qu'elle m'eût terrassée ?
D'une haine impuissante ô faible et vain effort !
La mienne est plus fidèle : elle porte la mort !

(Elle ressaisit la plume.)

« *Le fruit de la débauche et de l'apostasie !* »
Son fanatisme aveugle ainsi me qualifie.
Malheureuse ! ta mort éclaircira mes droits.
Quand tu ne seras plus, qu'on n'aura plus le choix,
Le doute disparaît ; je règne alors sans crime ;
Je suis de Henri huit la fille légitime.

(Elle signe rapidement, se lève, et du geste appelle les dames.

## SCÈNE XIII

### ÉLISABETH, LADY BURLEIGH, LADY LEICESTER,
### LADY MELVIL.

ELISABETH, leur montrant la sentence.

Approchez et lisez

LADY MELVIL.

Juste ciel ! je frémis.

ELISABETH

Reprenez cet arrêt que vous m'avez remis,
Burleigh ; vous y verrez ma volonté tracée.
Il va vous faire à tous connaître ma pensée.

LADY BURLEIGH, avec joie.

C'en est fait.

4

LADY LEICESTER

Ciel !

LADY MELVIL

Hélas !

ELISABETH, regardant fixement lady Leicester.

          Mais pour l'accomplir mieux,
Sur votre frère et vous j'ose jeter les yeux.
On vous a, dites-vous, faussement accusée.
Agissez promptement, je suis désabusée.
Leicester, conduisant Marie à l'échafaud,
Doit y faire flotter les plis de mon drapeau.

LADY MELVIL, avec douleur.

Madame, c'en est trop. Je n'ai plus rien à dire.
Permettez que Melvil de la cour se retire.
Tant que sur votre cœur j'ai fondé quelque espoir,
J'aimais que près de vous me fixât mon devoir.
J'estimais vos vertus, non pas votre puissance.
Adieu. Votre faveur me serait une offense.
Suivez des courtisans les conseils corrupteurs.
Vous n'avez désormais besoin que de flatteurs.
Mais Marie a besoin d'une amitié fidèle ;
Loin de tout votre éclat, je retourne auprès d'elle ;
Et, puisque mes efforts n'ont pu la secourir,
Je vais la consoler et l'aider à mourir. (Elle sort.)

## SCÈNE XIV

ÉLISABETH, LADY LEICESTER, LADY BURLEIGH.

ELISABETH

Je ne saurais blâmer son sévère langage.
J'estime sa franchise, alors qu'elle m'outrage.
Malgré moi, je l'avoue, en l'écoutant parler,
Jusques au fond du cœur je me sentais troubler.

Par vos conseils, Burleigh, j'ai signé la sentence ;
Mais rien n'est achevé. Je sais votre prudence ;
Je m'en remets à vous d'un soin qui m'est cruel.
L'arrêt que j'ai souscrit n'est pas le coup mortel.
Voyez, déterminez ce qu'il convient de faire,
S'il faut hâter sa mort, s'il faut qu'on la diffère.
Du destin de Marie ordonnez désormais.
Surtout je ne veux plus qu'on m'en parle jamais,
Soit que vous épargniez ou frappiez la coupable,
De tout événement je vous rends responsable.
Je retourne vers Londre et vous laisse en ce lieu.
Faites votre devoir. Vous m'entendez ? Adieu. (Elle sort.

## SCÈNE XV

### LADY BURLEIGH, LADY LEICESTER.

#### LADY BURLEIGH

Et nous, exécutons les ordres de la reine.

#### LADY LEICESTER

Sa volonté, pourtant, semble encore incertaine.

#### LADY BURLEIGH

On doit assez l'entendre.

#### LADY LEICESTER

On peut l'entendre mieux.

#### LADY BURLEIGH

La sentence l'explique.

#### LADY LEICESTER

Ah ! pas à tous les yeux.

**LADY BURLEIGH**

Son désir est bien clair. Allons, et qu'à Marie
On annonce l'instant qui doit finir sa vie.
Cette nuit....

**LADY LEICESTER**

Cette nuit !

**LADY BURLEIGH**

Elle ne vivra plus.

**LADY LEICESTER**

Burleigh !

**LADY BURLEIGH**

Epargnez-moi des remords superflus.

**LADY LEICESTER**, à part.

Par amour des grandeurs je suis donc sa complice !
O lâcheté sans nom !

**LADY BURLEIGH**

Activons le supplice.

FIN DU DEUXIÈME ACTE.

# ACTE TROISIÈME

(Même décor qu'au premier acte.)

## SCÈNE I

### LADY MELVIL, ANNA.

#### LADY MELVIL.

C'est moi, lady Melvil.

#### ANNA

En ce lieu ! Me trompé-je ?

#### LADY MELVIL

On veut bien m'accorder ce triste privilége,
Et rendre à son amie, en ces derniers instants,
Son aspect à mes yeux interdit si longtemps.

#### ANNA

Hélas !

#### LADY MELVIL

S'il est permis d'être introduit près elle,
Conduisez à ses pieds mon amitié fidè'e.

#### ANNA

Nul ne peut auprès d'elle être encore introduit.
Après les soins divers de cette horrible nuit.
Elle veut être seule, et nous l'avons laissée
Elevant vers le ciel sa dernière pensée.
Quand pour elle, ici-bas, tout va sitôt finir,
Elle veut avec Dieu seule s'entretenir.
Oh ! d'un semblable jour ai-je pu voir l'aurore !

## LADY MELVIL

Il n'est pas temps, Anna, de s'attendrir encore.
Pour remplir dignement notre dernier devoir,
Défendons notre cœur du commun désespoir ;
Et tandis qu'aux regrets, aux larmes, à la plainte,
Chacun autour de nous se livre sans contrainte,
Nous, secourons la reine, et sachons aujourd'hui
La guider dans sa route et lui servir d'appui.

### ANNA

Milady !

### LADY MELVIL

        Dites-moi, comment la reine a-t-elle
D'une si prompte mort entendu la nouvelle ?
Car son cœur était loin du coup qui l'a frappé.

### ANNA

Qu'un soin bien différent le tenait occupé !
Milady : désormais, à quoi bon vous le taire ?
A ces horribles murs on devait nous soustraire.
La reine en Leicester espérait jusqu'au bout.
Nous attendions, l'oreille attentive, debout ;
L'espérance, à nos cœurs depuis longtemps ravie,
Cet invincible amour qu'on ressent pour la vie,
A chaque bruit nouveau déjà se rallumant,
Revenait de nos cœurs s'emparer doucement.
Jugez quel coup affreux dut soudain nous surprendre,
Quand, au lieu des amis que nous devions attendre,
Paulet, le gouverneur, s'en vient nous déclarer
Qu'à mourir cette nuit il faut se préparer.
Il ajoute aussitôt que la pauvre émissaire
Dépêchée à Leicestre est aussi prisonnière,
Qu'Edith la dévoila. pour soustraire au soupçon
Sa personne, et son frère et toute sa maison.

LADY MELVIL

Juste Dieu !

ANNA

De la reine admirable constance !
D'un visage serein elle apprit la sentence.
Résignée à son sort, sans larmes, sans pâleur,
Il semblait que d'une autre elle apprit le malheur.
Mais tout est-il perdu ? Puis-je espérer encore ?

LADY MELVIL.

N'espérez de salut que celui que j'implore :
Le salut éternel !

## SCÈNE II

LADY MELVIL, ANNA, femmes de Marie en deuil.

LADY MELVIL.

Mais ces femmes en pleurs
Nous annoncent la reine et j'entends leurs douleurs.
A cet aspect, Anna, vous frémissez de crainte.

ANNA

Quoi ! va-t-elle marcher vers la fatale enceinte ?
Descend-elle déjà vers le terrible lieu,
Où des soldats armés.....

LADY MELVIL.

Calmez vos sens.

ANNA

Grand Dieu !
Je crois voir ces soldats et leur farouche escorte.
Du lieu terrible encor s'ouvre à mes yeux la porte.
Tout à l'heure, moi-même... Ai-je bien pu le voir ?

LADY MELVIL.

Que dites-vous ?

ANNA

Les murs couverts d'un voile noir.

L'échafaud se dressant au milieu de la salle,
L'exécuteur farouche et la hache fatale
Ont frappé mes regards et mes esprits glacés.
Autour de l'échafaud des spectateurs pressés,
Dans leur âme en secret hâtant déjà le crime,
D'un avide regard attendent la victime.

### LADY MELVIL.

Contraignez-vous ; c'est elle !

### ANNA

O terribles moments !

### LADY MELVIL.

O Dieu !
(D'autres femmes entrent, toutes en deuil, essuyant leurs larmes.)

## SCÈNE III

### LADY MELVIL., ANNA, MARIE.
(Vêtue de blanc, une couronne sur la tête. Ses femmes se rangent
des deux côtés.)

### MARIE

Pourquoi ces pleurs et ces gémissements ?
Pourquoi me plaignez-vous, lorsque la délivrance
Vient mettre enfin un terme à ma longue souffrance ?
Ah ! souriez plutôt de voir briser mes fers :
La prison disparait, les cieux me sont ouverts.
Dans cet affreux séjour, quand une femme altière
M'accablait de mépris, d'opprobre, de misère,
Que si longtemps encor je pouvais l'endurer,
C'était, c'était alors qu'il fallait me pleurer.
La bienfaisante mort, du doux pardon suivie,
Répare en un moment les fautes de ma vie.
L'être faible, abattu sous le fardeau du sort,
Est à son dernier jour affermi par la mort.

L'espoir entre en mon cœur ; et la paix qu'il me donne
Sur ma tête aujourd'hui replace ma couronne.

(Apercevant Melvil.)

Quoi ! vous ici, Melvil ! consolante amitié !
Mon malheur n'a donc point lassé votre pitié ?
Donnez-moi votre main ! De votre âme qui m'aime,
La présence m'est douce à cette heure suprême.
Et je rends grâce à Dieu puisqu'il permet du moins
Que mes derniers soupirs aient vos yeux pour témoins
Et que, prête à mourir sous la hache hérétique,
Je sente à mes côtés une sœur catholique.

### LADY MELVIL.

Madame, cet espoir ne m'a jamais quitté.
Dieu me devait, pour prix de ma fidélité,
De vous servir encor à votre dernière heure.

### MARIE

Ah ! loin de tous les miens puisqu'il faut que je meure,
A mes parents du moins vous porterez mes vœux,
Mon dernier souvenir et mes derniers adieux.
Je remets en vos mains cette douce espérance,
Je bénis le monarque et la maison de France,
Mon oncle de Lorraine, et Guise, notre espoir,
Et tant d'autres amis que je ne dois plus voir.

### LADY MELVIL

Vos vœux seront remplis.

### MARIE

J'en reçois l'assurance.

(A ses domestiques.)

J'ai pour vous, de ma main, écrit au roi de France.
J'ai sur vous appelé son auguste secours ;
Dans cette autre patrie, allez passer vos jours.
Transportez vos destins dans cette heureuse terre,
Et pour jamais fuyez l'hérétique Angleterre.

Jurez-moi, si mes vœux ne sont pas superflus,
Que vous fuirez ces bords, quand je ne serai plus.

### LADY MELVIL

Je les amènerai.

### MARIE

De mon triste héritage
J'ai moi-même entre vous fait un égal partage.
(A Anna.) Pour toi, ton dévoûment met peu de prix à l'or,
Anna, mon souvenir est ton plus cher trésor.

(Lui tendant un mouchoir brodé.)

Prends ce don, ce tissu, ce gage de tendresse,
Que pour toi de ses mains a brodé ta maîtresse.
Doux ouvrage ! il a vu mes secrètes douleurs,
Hélas ! et bien souvent je l'ai mouillé de pleurs !
Quand il en sera temps, ta main fidèle et chère
En couvrira mes yeux. C'est un devoir sévère ;
D'un service cruel c'est t'imposer la loi :
Mais je veux, mon Anna, le recevoir de toi.

(Elle lui ouvre ses bras.)

### ANNA, en pleurs.

Madame, c'en est trop et ma constance est vaine.

### MARIE, aux autres.

Venez tous recevoir l'adieu de votre reine.

(Elle leur fait baiser sa main.)

Adieu. Ne pleurez pas. Pour un sort plus heureux
Nous nous retrouverons quelque jour dans les cieux.
J'en ai l'espoir. Je meurs pour la foi véritable.
De crimes, de forfaits je ne suis point coupable.
Puisse de mes erreurs Dieu ne pas me punir.
Melvil, au nom des miens voulez-vous me bénir ?
Le ciel aux cheveux blancs donne ce droit peut-être,
Et je souffrirai moins de l'absence d'un prêtre ;
Abaissant devant vous mes traits humiliés,
C'est moi qui, maintenant, me prosterne à vos pieds.

(Elle s'agenouille devant Melvil : les servantes s'écartent.)

### LADY MELVIL

Marie, autrefois reine, et maintenant martyre,
Lorsque le roi des rois du monde vous retire,
Allez vers lui sans peur : l'or pur est éprouvé ;
De la paix du Seigneur l'instant est arrivé.
Adieu ! qu'un saint espoir en mourant vous soutienne.
Allez, je vous bénis ! Partez, âme chrétienne !
Dieu s'avance lui-même au devant de vos vœux,
Et le pardon sur vous descend du haut des cieux.

(Fanny Paulet paraît à la porte. Lady Melvil va à elle. Marie reste
à genoux, plongée dans la méditation.)

### ANNA, regardant Fanny.

Le message funeste est arrivé ?

### LADY MELVIL, revenant à Marie.

Madame,
Avez-vous rassemblé les forces de votre âme ?

### MARIE, se relevant.

Oui ; Dieu m'occupe seul, et je viens, sans retour,
D'immoler à l'instant ma haine à son amour.

### LADY MELVIL

Ainsi, sans redouter leur présence imprévue,
De Burleigh et d'Edith vous soutiendrez la vue ?
De la part de la reine elles sont en ces lieux,
Afin de recueillir le dernier de vos vœux.

(Marie fait un signe d'acquiescement.)

## SCÈNE IV

MARIE, ANNA, LADY MELVIL, LADY BURLEIGH,
LADY LEICESTER, FANNY, en arrière.

### LADY BURLEIGH, s'avançant.

Je viens, lady Stuart, de vos ordres m'instruire.
La reine, désormais, m'ordonne d'y souscrire.

MARIE

Je reconnais ce soin.

LADY BURLEIGH

La reine a commandé
Qu'en vos justes désirs tout vous soit accordé.

MARIE, tirant un papier de son sein et le lui confiant.

J'ai déposé mes vœux dans un écrit fidèle.
Quant à moi, comme ici ma dépouille mortelle
Dans le sol du Seigneur ne doit pas reposer,
Sans doute, après ma mort, on ne peut refuser
Que Melvil, remplissant ma plus chère espérance,
Aille porter mon corps, auprès des miens, en France,
Aimable et doux pays qui vit mes heureux jours !
Hélas ! ce triste cœur y demeura toujours.

LADY BURLEIGH

N'ordonnez-vous plus rien de notre ministère ?

MARIE

Saluez, en mon nom, la reine d'Angleterre ;
Dites-lui mes adieux et que, du fond du cœur,
En allant à la mort, je pardonne à ma sœur.

## SCÈNE V

MARIE, LADY MELVIL, ANNA, LADY BURLEIGH,
LADY LEICESTER

Domestiques de Marie. Le Shérif, portant une baguette,
gardes armés.
(A l'entrée du Shérif, mouvement et pleurs.)

MARIE

Eh bien ! Anna, pourquoi ces nouvelles alarmes ?
Oui, c'est l'instant fatal. Allons, sèche tes larmes.
Dans ce dernier adieu ne va pas m'attendrir,
Et sache voir du moins ce que je sais souffrir.

La mort entre tes bras me sera moins amère.
Burleigh, je vous demande une grâce dernière :
Jusques à l'échafaud qu'elle suive mes pas.
C'est elle qui, d'abord, m'a reçue en ses bras.
Sa main ouvrit jadis mes yeux à la lumière ;
Ah ! que la même main ferme encor ma paupière.

### LADY BURLEIGH

Vous le voulez, madame, il y faut consentir.

### MARIE

C'en est fait. Maintenant, je suis prête à partir.
O mon Dieu! s'il est vrai que, dans ta grâce immense,
Le repentir ait place auprès de l'innocence,
Regarde avec bonté ce moment solennel,
Et daigne m'accueillir dans ton sein paternel ;
Cette douce espérance en mourant me console.
            (Elle se retourne pour partir et voit lady Leicester.)
Lady de Leicester, vous me tenez parole.
Pour quitter ma prison j'attendais votre appui :
Vous venez, je le vois, me l'offrir aujourd'hui.
Ah ! du moins délivrez cette pauvre innocente
Qui voulut m'arracher de ma prison sanglante
Et que votre terreur trahit indignement.
Je pardonne le reste.

### LADY LEICESTER

Elle a fui librement.

### MARIE

Vivez heureuse. Adieu. Plein d'espérances vaines,
Votre frère à la fois voulut plaire à deux reines.
Vous l'avez imité. Vous avez, dans vos vœux,
Trahi le cœur aimant pour le cœur orgueilleux.
Aux pieds d'Elisabeth adorez sa puissance :
Et puisse sa faveur n'être pas ma vengeance.

(A ses domestiques.)

Priez toutes pour moi. — Ne suivez point mes pas ;
Allons ! je n'ai plus rien qui m'attache ici-bas.

(Le Shérif marche en tête, Marie suit, s'appuyant sur Anna et lady
Melvil ; lady Burleigh, lady Leicester et Fanny ferment la
marche. — Les domestiques restent sur la scène.)

NOÉMA, la bohémienne, apparaissant soudain,
conduite par Gertrude, chante : (1)

Qu'elle est belle la mort, depuis que le Calvaire
L'appela pour fermer les yeux du Rédempteur !
Son aile est d'or ; du ciel elle est la messagère ;
Elle chante, et son chant présage le bonheur.

REFRAIN :

Mourir, c'est guérir de la vie ;
Sécher les larmes de ses yeux.
Revoir le ciel de la patrie,
Mourir, c'est régner dans les cieux.

(Le chœur reprend ce refrain.)

NOÉMA

Mort que j'aime, viens donc ; viens, mon âme est si lasse !
Oh ! fais-lui de ton sein comme un berceau d'amour.
Endors-la dans la paix de la céleste grâce,
Et ne l'éveille, ô mort, qu'au céleste séjour.

CHŒUR

Mourir, c'est guérir de la vie, etc.

GERTRUDE

Chantez ! chantez ! les rages de la haine
L'ont pu frapper, mais non pas la flétrir.
Son front de femme et son manteau de reine,
Oui, tout est pur ; oui, tout va resplendir.

(Le chœur répète ce couplet.)

_____

(1) Voir, pour le chant, *Marie Stuart à Fotheringay*, opérette.

## AUTRE VOIX

Et plaise à Dieu que Rome à sa mémoire
Décerne un jour les honneurs de l'autel !
Sainte et martyr, à tes vertus la gloire,
A tes combats le triomphe éternel !

## CHŒUR

Chantez ! chantez ! etc.....

## FIN DE LA TRAGÉDIE

Bordeaux. — Imp. Coussac et Cocstalat, rue Gouvion, 20.

www.ingramcontent.com/pod-product-compliance
Lightning Source LLC
Chambersburg PA
CBHW060808180626
46818CB00002B/744

*9 7 8 2 0 1 3 7 4 0 8 9 0 *